Fédor Mikhaïlovitch Dostoïevski

Roman en neuf lettres

Texte et illustration de couverture : © domaine public
Edition : Culturea (Hérault, 34)
Contact : infos@culturea.fr
Retrouvez notre catalogue sur http://culturea.fr
Imprimé en Allemagne par Books on Demand
Design typographique : Derek Murphy
Layout : Reedsy (https://reedsy.com/)

Dépôt légal : janvier 2023
Tous droits réservés pour tous pays

ISBN : 9791041926640

Table des matières

Roman en Neuf Lettres (Romane v deviati pismah), écrit
en une nuit au cours du mois d'octobre 1845, a paru dans « Le
Contemporain » (Sovremennik) de janvier 1847.

I.

PETRE IVANOVITCH À IVAN PETROVITCH

Honoré Monsieur et très cher ami, Ivan Petrovitch !

Voilà déjà trois jours que je vous poursuis, pourrais-je dire, mon très cher ami, ayant besoin de vous parler pour une importante affaire, et je ne vous trouve nulle part. Hier, ma femme, en visite chez Semion Alexeïtch, faisait à votre sujet une plaisanterie assez spirituelle : elle a dit que vous et votre femme Tatiana Petrovna, vous faites un ménage de Juifs errants. Il n'y a pas trois mois que vous êtes mariés, et vous négligez déjà vos pénates. Nous avons beaucoup ri – très sympathiquement pour vous, d'ailleurs. Mais sérieusement, mon très cher, vous m'avez donné bien du souci. Semion Alexeïtch me demandait si vous n'étiez pas au bal du club de la Société Unie. Je laisse ma femme chez Semion Alexeïtch, et je vole au club. Il y a de quoi rire et pleurer. Imaginez-vous ma situation : je vais au bal, seul, sans ma femme ! Ivan Andreïtch me rencontre dans le vestibule, et, me voyant seul, en conclut aussitôt, le misérable, que j'ai pour le bal un goût passionné. Il me prend sous le bras, et veut m'entraîner chez un maître à danser, me disant qu'à la Société Unie on n'avait pas la place de danser, et qu'il avait la tête fatiguée par le patchouli et le réséda. Je ne trouve ni vous, ni Tatiana Petrovna. Ivan Andreïtch me jure que vous êtes allé au *Malheur d'avoir trop d'esprit*, au théâtre Alexandrinski.

J'y vole. Là pas plus qu'ailleurs je ne vous trouve. Ce matin je pensais vous rencontrer chez Tchistoganov. Pas du tout. Tchistoganov m'envoie chez Perepalkine. Là, la même chose. En un mot, je me suis exténué. Je vous écris, pas d'autre parti à prendre. Il ne s'agit pourtant pas de littérature dans mon affaire (vous me comprenez !). Il vaudrait mieux nous expliquer de vive voix et le plus vite possible. Je vous prie donc de venir chez moi avec Tatiana Petrovna prendre le thé. Mon Anna Mihaïlovna sera ravie de votre visite. À propos, mon très cher ami, puisque je vous écris, je vais aussi vous rappeler certaine chose. Je suis forcé de vous faire un reproche, mon honorable ami. Vous m'avez fait une plaisanterie un peu légère...Brigand ! Vers le 15 du mois passé vous m'avez amené un de vos amis, Eugène Nikolaïtch, que vous me recommandiez chaudement – ce qui est à mes yeux le plus sacré des passeports. – Je me réjouis de cette occasion de vous être agréable, j'ouvre mes bras et ma maison à votre ami. Mais je ne savais pas que ce fût une manière de me mettre la corde au cou. Une jolie affaire ! Je n'ai pas le temps de vous expliquer tout cela, et d'ailleurs ce ne sont pas des choses à écrire. Mais je vous prie, mon méchant ami, d'insinuer à votre jeune homme, délicatement, comme entre parenthèses, à l'oreille, en douceur, qu'il y a dans la capitale beaucoup d'autres maisons que la mienne. Je suis excédé, mon petit père ! Je tombe à vos pieds, comme dit mon ami Simoniewicz. Quand nous nous verrons, je vous conterai tout. Non pas que ce jeune homme ait de mauvaises manières, ou des vices, non pas ! C'est un garçon charmant et aimable. Mais attendez un peu que nous puissions nous parler. En attendant, si vous le voyez, insinuez-lui donc, mon très honoré, que...Vous savez quoi, mon très honoré ami. Je l'aurais fait moi-même, mais vous connaissez mon caractère : je ne puis m'y décider, voilà ! D'ailleurs, c'est vous qui me l'avez présenté. En tout cas, ce soir nous nous expliquerons ces détails, et maintenant au revoir. Je reste, etc.

P. S. – Mon petit est malade depuis huit jours, et cela va de mal en pis. Il fait ses dents. Ma femme ne le quitte pas, elle est triste. Venez donc, vous nous ferez plaisir, mon très cher ami.

II.

IVAN PETROVITCH À PETRE IVANOVITCH

Honoré Monsieur Petre Ivanovitch !

J'ai reçu hier votre lettre, je l'ai lue et suis resté très surpris. Vous m'avez cherché Dieu sait où, quand j'étais tout simplement chez moi. Jusqu'à dix heures j'ai attendu Ivan Ivanitch Tolokonov. Nous montons aussitôt en voiture, ma femme et moi ; je dépense de l'argent, je viens chez vous vers six heures et demie. Vous êtes absent ! Votre femme me reçoit. Je vous attends jusqu'à dix heures et demie. Je prends ma femme, je dépense encore de l'argent, je loue une voiture, je ramène ma femme à la maison et je vais chez les Perepalkine, espérant vous trouver là. Mes calculs sont encore déçus. Je rentre, je ne puis fermer l'œil de la nuit, tant je suis inquiet. Le lendemain matin, je frappe trois fois chez vous, à neuf heures, dix heures et onze heures. Je dépense trois fois de l'argent pour des voitures, et j'en suis pour une veste.

En lisant votre lettre, j'ai donc eu lieu de m'étonner. Vous parlez de Eugène Nikolaïtch, vous me demandez de lui insinuer...et vous ne me dites pas pourquoi. J'approuve votre prudence, mais il y a papier et papier, et moi, je ne suis pas homme à donner les papiers d'importance à ma femme pour faire des papillotes. Enfin je ne comprends pas le sens de votre lettre. Du reste, pourquoi me mettre dans cette affaire ? Je ne fourre pas mon nez partout. Vous auriez pu lui interdire vous-même votre porte. Il faut nous expliquer d'une manière décisive, je n'ai pas de temps à perdre. D'ailleurs, je suis gêné, et je ne sais ce que je serai obligé de faire si vous négligez de vous conformer aux conditions établies entre nous. Le voyage n'est pas long, mais il coûte. Or, ma femme se lamente elle veut une capote en velours à la mode.

Quant à Eugène Nikolaïtch, je m'empresse de vous dire que j'ai pris des renseignements sur lui chez Pavel Semenytch Perepalkine. Il a cinq cents âmes dans le gouvernement d'Yaroslav, et de sa grand-mère il en héritera trois cents de plus. Le chiffre exact de sa fortune, je l'ignore. Je pense que vous devez le connaître. Je vous prie de me donner un rendez-vous ferme. Vous avez rencontré hier Ivan Andreïtch qui vous a dit que j'étais avec ma femme au théâtre Alexandrinski ? Il en a menti.

J'ai l'honneur d'être...

P. S. – Ma femme est enceinte. Elle est nerveuse et parfois mélancolique. Il arrive que, dans le théâtre, on tire des coups de fusil et l'on fait entendre des tonnerres artificiels. Vous sentez bien que je me garde de l'y conduire, pour ne pas l'effrayer. Quant à moi, je ne suis pas très amateur de spectacles.

III.

PETRE IVANOVITCH À IVAN PETROVITCH

Mon très estimable ami, Ivan Petrovitch !

Je m'excuse, je m'excuse, je m'excuse mille fois, mais je me hâte de me justifier. Hier, vers six heures, nous étions en train de parler de vous (avec sympathie), quand un exprès de mon oncle Stepan Alexeïtch est venu nous apporter la nouvelle que ma tante est au plus mal. De peur d'effrayer ma femme, sans lui dire un mot de cela et prétextant une tout autre affaire, je me suis rendu chez ma tante. Je la trouve soufflant à peine. Juste à cinq heures, elle avait eu une attaque d'apoplexie, la troisième en deux ans. Karl Fedorytch, le médecin de la maison, déclare qu'elle ne passera peut-être pas la nuit. Jugez de ma position, très cher ami. J'ai passé toute la nuit debout, inquiet, abreuvé de chagrin. Au matin seulement, complètement épuisé, brisé physiquement et moralement, je me suis couché sur un divan, sans penser à dire qu'on me réveillât de bonne heure, et je n'ai rouvert les yeux qu'à onze heures et demie. Ma tante va mieux. Je me rends chez ma femme. La pauvre ! elle désespérait de me revoir ! Je mange un morceau à la hâte, j'embrasse mon enfant, je rassure ma femme et je viens chez vous : personne ! que Eugène Nikolaïtch. Je rentre chez moi, je prends la plume et je vous écris cette présente. Ne soyez pas fâché contre moi, cher ami. Prenez ma tête coupable, mais ne me gardez pas rancune. Votre épouse m'a appris que vous deviez être ce soir chez les Slavianov. J'y serai absolument, je vous attends avec impatience et je reste, etc.

P. S. – Notre petit nous désole, Karl Fedorytch lui a fait une ordonnance. Il gémit, tout hier il ne nous a pas reconnus. Aujourd'hui, il commence à reprendre connaissance et ne cesse de murmurer : Papa, maman, bbou…Ma femme a passé la matinée dans les larmes.

IV.

IVAN PETROVITCH À PETRE IVANOVITCH

Très honoré Monsieur, Petre Ivanovitch !

Je vous écris chez vous, dans votre chambre, sur votre bureau. Voilà deux heures et demie que je vous attends. Permettez-moi de vous dire franchement, Petre Ivanovitch, mon opinion sur votre inconvenante façon d'agir. De votre dernière lettre j'ai conclu qu'on vous attendait chez les Slavianov. Vous m'invitez à m'y rendre, j'y vais, j'y reste cinq heures durant, et vous vous abstenez de vous y montrer. Est-ce que je suis un bouffon, dites ? Permettez Monsieur…Je viens chez vous le matin, espérant vous trouver, et sans imiter certains individus qui cherchent les gens Dieu sait où, au lieu d'aller tout simplement les demander chez eux à une heure convenable. Et vous n'êtes pas là ! Je ne sais ce qui me retient de vous dire toutes vos vérités. Vous retardez l'exécution de certaines de nos conventions, et en calculant toute cette affaire, je ne puis m'empêcher de constater que la tendance de votre esprit est extraordinairement rusée. Je vois cela clairement aujourd'hui : vous avez machiné la chose de longue main. Je n'en veux pour preuve que cette circonstance : la semaine dernière déjà vous avez repris d'une manière illicite la lettre par laquelle vous aviez approuvé vous-même, très vaguement, il est vrai, nos conventions sur une circonstance qui vous est bien connue. Vous avez peur des preuves et vous les supprimez. Mais je ne vous permets pas de me prendre pour un sot. Je ne me considère pas encore comme tel, et tout le monde est de mon avis. J'ouvre les yeux. Vous voulez faire une diversion avec cette histoire d'Eugène Nikolaïtch, et lorsque, d'après votre propre invitation, je cherche à vous joindre, vous me fixez de faux rendez-vous et vous vous cachez. Peut-être pensez-vous me lasser ? Vous prétendiez vous reconnaître envers moi de services que vous n'avez pas oubliés en me recommandant à diverses personnes ; là-dessus, vous embrouillez si bien les affaires que vous parvenez à m'emprunter de l'argent, des sommes importantes sans me donner de reçu – cela, il y a huit jours. Et maintenant, on ne vous voit plus ! Peut-être comptez-vous sur mon prochain voyage à Simbirsk et pensez-vous que d'ici là nous n'aurons pas le temps d'arriver à une solution. Mais je vous déclare solennellement et je vous donne ma parole d'honneur que, s'il le faut, je resterai deux mois de plus à Pétersbourg, mais je vous trouverai, je vous le jure. Je termine en vous déclarant que, si aujourd'hui vous ne me donnez satisfaction d'abord par lettre et ensuite verbalement, en tête-à-tête, si vous ne relatez pas dans votre lettre les conditions principales de nos conventions, si vous ne m'expliquez pas vos pensées à propos d'Eugène Nikolaïtch, je serai forcé de recourir à des mesures très désagréables pour vous et qui d'ailleurs me répugnent.

Permettez-moi de rester, etc.

V.

PETRE IVANOVITCH À IVAN PETROVITCH

11 novembre.

Mon très cher et très estimable ami, Ivan Petrovitch !

Votre lettre m'a causé un profond chagrin. N'avez-vous pas honte, mon cher et injuste ami, d'agir ainsi avec l'homme qui vous est le plus dévoué, à la hâte, sans explication, sans crainte de me blesser ? Mais je m'empresse de répondre à vos accusations. Vous ne m'avez pas trouvé, Ivan Petrovitch, hier, parce que j'ai été appelé de la façon la plus subite au chevet de la mourante. Ma tante Evfimia Nikolaevna est morte hier soir à onze heures. J'ai été unanimement choisi pour conduire la cérémonie funèbre. J'ai eu tant à faire que je n'ai pu, ce matin, ni vous voir ni même vous écrire une ligne. Je suis navré du malentendu qui nous sépare. Et quant à ce que je disais d'Eugène Nikolaïtch en passant et par manière de plaisanterie, vous avez exagéré tout cela. L'affaire n'avait pas tant d'importance. Vous me parlez d'argent et d'inquiétudes que vous auriez à ce propos. Mais je suis prêt à satisfaire à vos désirs grossiers. Soit dit encore en passant, les trois cent cinquante roubles que j'ai pris chez vous la semaine dernière ne constituent pas un emprunt, je dois vous le rappeler. Dans ce dernier cas, vous en auriez certainement un reçu signé de moi. Je ne m'abaisse pas à discuter les autres articles de votre lettre. Tout cela est un malentendu causé par votre emportement accoutumé et, je dois le dire aussi, votre franchise naturelle. Je sais que votre caractère ouvert ne souffre aucune hésitation, vous serez le premier à me tendre la main.

Vous vous êtes trompé, Ivan Petrovitch, vous vous êtes gravement trompé !

Quoique votre lettre m'ait blessé, je suis prêt à venir vous présenter mes excuses. Mais je suis tellement accablé de soucis depuis hier que je suis mort de fatigue, et je me tiens à peine debout. Pour comble de malheur, ma femme est au lit. Je crains une maladie sérieuse. Quant à mon petit, grâce à Dieu, il est mieux.

Mais je quitte la plume... Les affaires m'appellent, un tas d'affaires ! Permettez-moi, mon très cher ami, de rester, etc.

VI.

IVAN PETROVITCH À PETRE IVANOVITCH

14 novembre.

Très honoré Monsieur Petre Ivanovitch !

J'ai patienté trois jours. J'ai tâché d'employer utilement ce temps. Mais sentant que la politesse et l'aménité sont les premiers devoirs d'un homme civilisé, j'ai, depuis ma lettre du 10, évité de me rappeler à votre souvenir, cela en partie pour vous laisser le temps de vous acquitter de vos obligations de chrétien envers votre tante, et en partie par suite de certaines réflexions et recherches à propos d'une affaire pressante. Maintenant, je viens m'expliquer avec vous définitivement.

Je vous avoue sans ambages qu'à la lecture de vos deux premières lettres j'avais cru que vous vous mépreniez sur mes intentions. C'est pourquoi j'ai cherché à vous voir pour m'expliquer de vive voix avec vous. La plume est si trompeuse ! J'ai dû m'exprimer obscurément, et vous aurez pris le change. Vous n'ignorez pas que je suis mal au fait des bonnes manières, et que j'évite le dandysme creux et toute affectation. Une expérience déjà longue m'a appris combien l'extérieur trompe, et que la vipère se cache souvent sous les fleurs. Mais vous m'aviez compris, et si vous ne me répondiez pas comme vous le deviez, c'était par hypocrisie, étant d'avance résolu à ne pas tenir votre parole d'honneur, au risque de rompre nos relations amicales. Vous l'avez assez prouvé par votre conduite indigne à mon égard, conduite onéreuse pour mes intérêts et que je n'aurais jamais attendue de vous. Je n'y voulais pas croire jusqu'à ce jour, car, séduit au commencement de nos relations par vos manières distinguées, l'élégance de votre élocution, votre entente des affaires et des intérêts, je croyais trouver en vous un ami, un camarade véritable. Mais je vois bien que beaucoup de gens, sous des dehors d'hypocrite politesse, cachent des traits empoisonnés : ils emploient toute leur intelligence à faire au prochain le plus de tort possible. Ils craignent la plume et le papier, et, bien loin de rechercher l'utilité de la patrie et de leurs semblables, ne travaillent qu'à tromper leurs contractants.

Votre mauvaise foi, Monsieur, résulte clairement des faits.

D'abord, tandis qu'en termes nets et précis je vous décrivais, Monsieur, ma situation et vous demandais le sens de vos sous-entendus par rapport à Eugène Nikolaïtch, vous avez gardé le silence, et tout en m'irritant par vos soupçons injurieux, vous vous êtes dérobé à toute explication franche.

Après de tels innommables procédés, vous m'écrivez que tout cela vous chagrine. Enfin, quand les instants étaient pour moi si précieux, non content de vous être fait chercher dans toute la capitale, vous m'écrivez sous couleur d'amitié des lettres où, vous taisant intentionnellement sur notre affaire, vous bavardiez sur toute autre chose pour me donner le change, parlant de la maladie de votre estimable épouse, des soins consacrés par le médecin à votre enfant qui fait ses dents, revenant sur ces détails dans chacune de vos lettres avec une impertinente assiduité.

Assurément je puis admettre que les souffrances de l'enfant font souffrir l'âme paternelle. Mais pourquoi en parler, alors qu'il y avait quelque chose de plus important et de plus intéressant à m'écrire ? Je me taisais et je patientais. Mais à présent que le temps a passé, mon devoir est de m'expliquer. Enfin, vous étant joué de moi en me donnant plusieurs fois de faux rendez-vous, vous m'avez obligé à être en quelque sorte votre bouffon, votre pantin. Ce à quoi je vous prie de croire que je ne suis nullement disposé.

Vous me donnez rendez-vous sur rendez-vous, et vous n'allez à aucun, prétextant l'opportune attaque d'apoplexie de votre tante qui vous fournit ainsi un prétexte dont vous n'avez pas eu honte d'abuser. Or, j'ai appris, pendant ces trois jours, que votre tante a eu son attaque le 7 au soir, un peu avant minuit. Vous n'avez donc pas craint de profaner les saintes relations de la famille pour tromper un étranger ! Enfin, votre tante est morte juste vingt-quatre heures après la date que vous avez eu l'impudence de m'assigner...

Je n'en finirais pas si je voulais faire la somme de toutes vos supercheries. Et vous m'appelez votre ami sincère ! Cela dans le but évident, selon moi, de me donner le change.

J'arrive maintenant à votre tromperie capitale, à ce silence obstiné en ce qui concerne nos intérêts communs, à cet indigne vol de la lettre où vous aviez si vaguement expliqué nos conventions relatives à cet emprunt forcé de trois cent cinquante roubles sans reçu, et aussi à vos calomnies dirigées contre notre commun ami Eugène Nikolaïtch. Je vois bien que vous vouliez me laisser entendre qu'on ne peut rien lui extorquer, qu'il n'est, à ce point je vue, ni chair ni poisson. Quant à moi, je connais Eugène Nikolaïtch et le tiens pour un jeune homme très modeste et d'excellente conduite, qui mérite l'estime universelle. Je sais que chaque soir, pendant quinze jours de suite, vous gagniez plusieurs dizaines et même souvent une centaine de roubles en jouant aux cartes avec Eugène Nikolaïtch. Aujourd'hui, vous niez tout cela, et non-seulement vous oubliez les peines que j'ai prises pour vous, mais encore vous vous appropriez mon argent, me séduisant par de belles promesses de partager les gains, et vous vous dispensez de m'en remercier, sans scrupule de loyauté, employant même le mensonge pour salir à mes yeux un homme que j'ai introduit dans votre maison. Vous-même, pourtant, à ce que je me suis laissé dire, vous le faites passer pour le premier de vos amis, quoique vos intentions soient évidentes et que chacun sache ce que vaut votre amitié.

Je termine, ces explications me semblant suffisantes. Je conclus : si, au plus tôt, au reçu de ma lettre, vous ne me retournez pas les trois cent cinquante roubles et toutes les autres sommes qui, d'après vos promesses me reviennent, je recourrai à tous les moyens possibles pour obtenir satisfaction, dusse-je employer la force. Je vous déclare que je suis en possession de certaines pièces qui, dans les mains de votre humble serviteur, peuvent vous nuire et salir irrémédiablement votre nom.

Permettez-moi de rester, etc.

VII.

PETRE IVANOVITCH À IVAN PETROVITCH.

15 novembre.

Ivan Petrovitch,

Au reçu de votre étrange lettre de moujik, j'ai pensé d'abord la déchirer en morceaux. Mais je la garde à titre de curiosité. Du reste, je regrette sincèrement les malentendus qui sont survenus entre nous. Je ne voulais même pas vous répondre, mais la nécessité m'y force. Je dois vous déclarer qu'il me serait très désagréable de vous voir jamais dans ma maison. Ma femme partage mon sentiment : elle est faible de santé, et l'odeur du goudron fatigue ses bronches. Elle renvoie à votre épouse les livres que celle-ci lui a prêtés : Don Quichotte de la Manche – avec sa reconnaissance. Quant à vos caoutchoucs, j'ai le regret de vous dire qu'on n'a pu les trouver nulle part. On les cherche, et s'ils restent introuvables, je vous en achèterai une paire.

Du reste, j'ai l'honneur d'être, etc.

VIII.

(Le 16 novembre, Petre Ivanovitch reçoit par la poste deux lettres. En ouvrant la première enveloppe, il en retire un billet plié dans tous les sens, un papier rose tendre. L'écriture est de sa femme, le billet est adressé à Eugène Nikolaïtch et porte la date du 2 novembre. L'enveloppe ne contient pas autre chose, Petre lit :)

Cher Eugène ! Je n'ai absolument pas pu hier. Mon mari n'est pas sorti de la soirée. Viens demain à onze heures précises. À dix heures et demie mon mari part pour Tsarskoïé et ne rentrera qu'à minuit. J'ai enragé toute la nuit durant. On te remercie pour l'envoi des nouvelles et de la correspondance. Quel tas de paperasses ! C'est donc elle qui a écrit tout cela ! D'ailleurs, ce n'est pas sans style. Merci, je vois que tu m'aimes. Ne sois pas fâché pour hier, et viens, au nom de Dieu !

A.

(Petre Ivanovitch décachette la seconde enveloppe.)

Petre Ivanovitch !

Je n'aurais, de moi-même, jamais remis les pieds chez vous ; il était inutile de noircir tant de papier pour cela.

Je partirai la semaine prochaine pour Simbirsk. Votre très cher et très honoré ami Eugène Nikolaïtch vous restera. Je vous souhaite du bonheur ! Quant aux caoutchoucs, quittez ce souci.

IX.

(Le 17 novembre, Ivan Petrovitch reçoit par la poste deux lettres. En ouvrant la première enveloppe, il en retire un billet écrit à la hâte. L'écriture est de sa femme, le billet est adressé à Eugène Nikolaïtch et porte la date du 4 août. L'enveloppe ne contient pas autre chose, Ivan lit :)

Adieu, adieu, Eugène Nikolaïtch ! Que Dieu vous récompense ! Soyez heureux ! Quant à moi, mon sort est terrible. Que votre volonté soit faite ! Sans ma tante, j'aurais été toute à vous. Ne riez pas de moi, ni de ma tante. Je me marie demain. Ma tante est ravie d'avoir rencontré un bon garçon qui consente à me prendre sans dot. C'est aujourd'hui pour la première fois que je l'ai examiné. Il me paraît très bon. On me presse. Adieu ! adieu, mon chéri ! Souvenez-vous de moi qui ne vous oublierai jamais. Adieu. Je signe cette dernière comme ma première... Vous vous rappelez ?

TATIANA.

(Dans la seconde enveloppe Ivan Petrovitch trouve ce qui suit :)

Ivan Petrovitch ! Demain vous recevrez des caoutchoucs neufs. Je n'ai pas l'habitude de prendre quoi que ce soit dans la poche des autres. Je n'aime pas non plus ramasser dans les rues des chiffons de papier.

Eugène Nikolaïtch part, ces jours-ci, pour Simbirsk, où l’appellent les affaires de son grand-père. Il m’a prié de lui trouver un compagnon : en voulez-vous ?